U0910600

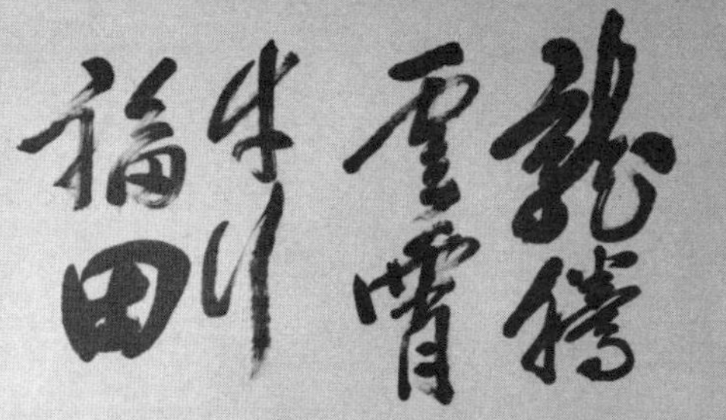

三遊洞

2008/06/1

余海涛诗词选

诗意词情

余海涛 著

長江出版傳媒
长江文艺出版社

图书在版编目（CIP）数据

诗意词情：余海涛诗词选 / 余海涛著. -- 武汉 ：长江文艺出版社， 2017.5(2025.5 重印)

ISBN 978-7-5354-9377-4

Ⅰ. ①诗… Ⅱ. ①余… Ⅲ. ①诗词－作品集－中国－当代 Ⅳ. ①I227

中国版本图书馆 CIP 数据核字(2017)第 025828 号

责任编辑：杜东辉　　责任校对：程华清

封面设计：水墨方　　责任印制：邱　莉　胡丽平

出版：长江出版传媒 | 长江文艺出版社

地址：武汉市雄楚大街 268 号　　邮编：430070

发行：长江文艺出版社

电话：027—87679360

http://www.cjlap.com

印刷：三河市嵩川印刷有限公司

开本：880 毫米×1230 毫米　1/32　　印张：7.25　　插页：1 页

版次：2017 年 5 月第 1 版　　2025 年 5 月第 2 次印刷

行数：2158 行

定价：72.00 元

目录

第一辑　励志篇

第二辑　感悟篇

第三辑 友谊篇

第四辑 武当篇

第五辑　游历篇

第六辑　杂　篇

第七辑　楹联篇

第一辑

励志篇

蝶恋花·造平原

万众一心造平原，
战鼓号角响彻十里湾。
荒岗秃岭摆战场，
壮心撼动千座山。

红旗飘飘拂炮烟，
人欢马叫苦干变新颜。
冰雪难封土石移，
山河总宜重装点。

一九七五年十二月十八日

水调歌头·化冰

此日寒流滚滚，大地皆冻，冰凌压弯树木，满目冰霰，遂成此词。

高天冷雨降，大地寒流急。
水珠落地成冰，气压三千里。
松柏何畏迫逼，摇臂抖落素衣。
誓要当风立。冰凌严相欺，杨柳垂挂低。

阴云散，太阳出，光普地。
悬崖梅花欢笑，万物共奋起。
满眼冰雪消融，百丈银柱哭泣。
大地溢暖气。无处留冰迹，花木更艳丽。

一九七六年二月十六日

菩萨蛮·观霞家河溢洪瀑布

银练狂舞滚雪珠，
玉带当空映旭曙。
青翠泻不尽，
那问观瀑人。

多情伫立久，
开怀壮巨流。
风云来霄汉，
渊谷声动天。

一九七六年三月十七日

五古·抒怀

昂然立潮头，
恰似海中舟。
破浪勇向前，
征程披锦绣。

一九七六年十一月五日

七古·梦想成真

首届统考梦成真，
城头红榜得提名。
手捧通知问悲喜，
惟感肩上担更沉。

一九七八年二月十八日

念奴娇·春游东坡赤壁

狂澜一江，拍打处，傲立东坡赤壁。
酹酒楼上旷目望，浑然江天无际。
高垒为岸，杉柳笼堤，迷楼台烟雨。
今古风骚，词赋如水漫地。

兴叹峥嵘故地，雾霞云烟，晾干英杰泪。
怀古遗篇垂世在，任凭苍桑变异。
几多墨客，钓名沽誉，倒随江水去。
欲芳青史，必是为民立绩。

一九八〇年五月一日

七绝·燕子

殿宇楼阁画梁高，
杨柳春风燕子娇。
春光无限也有限，
勤啄春泥垒新巢。

一九八一年三月五日

七绝·望江

狂澜滚滚地欲摧，
轻舟点点浪上飞。
三面青山兜江下，
一望汀洲人未归。

一九八一年五月九日

五律·游武汉南湖

兴步南湖游，
一览湖山色。
清纱织雾障，
翠柏裹红叶。
花香杂鸟语，
水碧映云白。
留连醉其间，
哪管身是客。

一九八一年五月九日

七绝·人生

人生宜作天下游，
回归自然才风流。
名山大川走赤县，
瀚海长天遨环球。

一九九三年四月六日

七律·咏武昌首义

为纪念武昌起义100周年征集诗词而作

辛亥风云滚惊雷，
武昌城头义军威。
首举义旗督抚逃，
尽揭万竿帝制摧。
革命先行国基奠，
盛世后来民心归。
炎黄子孙重携手，
复兴梦圆共举杯。

二〇一一年元月四日

七律·中国梦

盛世强国武为先，
雪耻立威待何年。
东瀛富士饮汉马，
南海诸岛挥秦鞭。
四大洋上铸九鼎，
太阳系中放飞天。
万邦朝贺尊赤县，
一揽金瓯慰黄炎。

二〇一三年五月一日

第二辑

感悟篇

金缕曲·暇思

明月挂中天。正恰似，玉盘一面，冰轮一环。
沧桑人间事多烦，都爱月宫清闲。吴刚嫦娥已著先。
榭馨桂香浸露寒，有玉兔偎依暖怀间。
慰凉热，共婵娟。

神游琼宫客万千。莫过于，太白、苏公，诗魂屈原。
今我把酒问青天，何时能归故园？月客重作人间仙。
华堂盛宴已摆就，待桂月一轮临其间。
敬先贤，同相欢。

一九七七年五月十日

七律·元帅颂

读叶帅诗八十书怀和韵

追寻真理为国兴，
智勇谋略空前人。
吕端大事铭千古，
元帅辅国荡埃尘。
权霸乱世能平定，
乾坤安澜免沉沦。
老骥伟功共歌颂，
强盛祖国日照明。

一九七七年十月二十八日

七绝·游东坡赤壁

东坡竹楼问儒贤，
赤壁古今赋江澜。
乐得竹间一壶酒，
枕涛眠月对西山。

一九七八年三月二十日

七律·登西塞山有感

西塞山上云霞飞，
一览江天耸翠微。
朝看旭日随鸥起，
暮观红波伴渔归。
苍穹高翔穿云燕，
浩流远征斩浪桅。
心潮逐浪高过浪，
鹏程一路风云追。

一九七八年六月三日

杂言诗·登海观山秋赋一首

秋风瑟瑟，
满目凄凉飞红叶。
曾几何繁茂，
换来一场悲切。
纵是阳春三月，
也有桃李落花红与白，
皆凭自然，
任它东西南北。

一九八〇年九月五日

七绝·江月

一江春水一江愁，
半轮月光半轮秋。
事与愿违心难爽，
华年如水空自流。

一九八〇年九月十日

五律·红叶

绿波皱悴影，
红叶落地轻。
黄花七八瘦，
流年三两春。
断肠泪如雨，
裂肺语无声。
举目尽萧瑟，
何处问前程。

一九八〇年十一月二日

卜算子·月夜思

飘蓬泊沧海，
孤舟宿天涯。
举目山川无数重，
何处是吾家。

玉锦好梦醒，
残月半空挂。
哪见广寒宫娥舞，
只有流星下。

一九八一年六月二十一日

清平乐·读辛语为山川而不平

妖娆江山，
万千俱风情。
无数英雄竞折腰，
谁道献愁供恨。

当是魂魄飘渺，
却如虚幻烟云。
无绪烦怨纵倾泻，
不应山川听。

一九八一年六月二十四日

采桑子·星夜

碧夜携侣月下步，
繁星无数。
涓潺流水，
又添几串珠玉露。

心腾海潮血热流，
桂香金秋。
月圆时分，
鹊桥天河共飞渡。

一九八二年九月二十日

蝶恋花·分别

秋雨淅沥未能眠，
梦里佳人醒时天涯远。
情思惹得人憔悴，
相忆哪不倚雕栏。

日月长久人长恋，
缠绵朝暮那得别时盼。
驻足东门抬望眼，
一腔离愁云水间。

一九八二年九月二十二日

浣溪沙·盼

轻盈娇丽如凤姿，
月下荷塘初相识，
两心相印热恋时。

相亲相爱又相知，
相见相拥又相辞，
佳期临近盼来迟。

一九八二年九月二十一日

七古·游南京胜棋楼

传世佳话一盘棋，
君臣对弈日东西。
细看全局“万岁”乐，
赐楼容易胜不易。

一九八二年十月二日

七古·踏雪寻梅

岁岁苦寒年年娇，
氤氲漫红卧琼瑶。
铁骨长系精魂在，
暗香催人近小乔。

一九八九年二月二十日

自由诗·卅五初渡

卅五春秋，
哪来这多愁。
叹人生如舟，
瀚海难渡。
烦恼事儿，
来去无止休。

山河毓秀，
更佳丽红袖。
纵诗书满腹，
才情依旧。
怎奈今日，
无心问风流。

一九九一年五月一日

自由诗·拿酒来

拿酒来，
酒来志士胸臆开。
举樽更进一杯酒，
今日豪饮明日有。
对酒不问愁与欢，
莫错今夕待来年。
但愿长醉久不醒，
梦里天地任我行。
君不见长江之水昆仑雪，
东流到海不复回。
君不见流水落花春已去，
有待来年花再开。
君不见落叶萧萧秋已深，
繁茂来年枝又新。
君不见英雄豪杰不稀有，
强中更有强中手。
君不见灵龟腾蛇有尽时，
肉腐骨枯成泥土。
噫唏呼！
人世匆匆为过客，

为民造福多怀德。
宜将热血播云雨，
敢把人生追日月。

一九九六年九月十九日

钗头凤·看《唐明皇》电影有感

樱桃口，秋水眸，
冰肌雪肤香暗透。
歌宛转，舞盘旋，
水出芙蓉，云雨巫山。
恋！恋！恋！

烽火骤，渔阳遒，
霓裳曲尽梦皇都。
马嵬前，泪涕涟，
香消玉殒，天上人间。
叹！叹！叹！

二〇〇三年五月二十日

七绝·书画

山川河岳任剪裁，
星辰日月慢入怀。
墨泼五湖四海水，
豪雨天风笔端来。

二〇〇四年七月十六日

七律·五十有怀

习文不敢著华章，
尚武未曾着戎装。
半百人生沉碧海，
一世荣辱系天苍。
仕途未了白发摧，
云路犹存少年狂。
英杰成败不足论，
何忆城头上红榜。

二〇〇七年四月八日

五绝·圆梦

昔慕东湖水，
今赏珞珈樱。
江汉钟灵秀，
祈愿梦成真。

二〇一〇年三月三十日

七律·颂母亲用鲁迅诗韵

依稀常忆少儿时，
慈母针线细如丝。
养教诲导育赤子，
仁智勤善树炽旗。
恩泽子孙多学士，
德昭宗祖享颂诗。
人世酸甜长体味，
温暖最是母织衣。

二〇一三年五月二日

七绝·咏自画葡萄

葡萄干瘪叶枯镂，
老藤翻转枝空叟。
乐道狂醉百秒就，
天意形成久长寿。

二〇一三年十月七日

赋·东余店赋

依桐柏中华兮之雄关，
面荆湘云梦兮之江汉；
左大别大悟兮之东山，
右秦巴大洪兮之岗峦。
南立百丈丹崖兮威如虎踞，
东绕七里长岗兮势如龙盘。
高低双铁纵贯兮南达深广，北接京燕；
国道高速交错兮西通川渝，东连浙赣。
上有天塘府库兮碧水如镜，
下有桥坝明港兮清流回环。
畈畈平畴兮千顷沃地，
冲冲畛畦兮万亩梯田。
春来兮花海香蕴，
夏至兮稻浪无边，
秋到兮粮棉万担，
冬归兮雪润松山。
荷塘赤子兮蜻蜓红莲，

山野牧童兮笛扬歌欢。
俨俨学堂兮书声琅琅，
攘攘长街兮接踵摩肩。
朝阳冉冉兮露草含珠，
晚霞熔熔兮岭岗尽染。
细雨蒙蒙兮润养万物，
微风习习兮袅袅炊烟。
农田屋舍兮鸡犬桑麻，
鸟语蝉鸣兮阡陌乡关。
文者仁德才智兮著书立传，
武者忠义英勇兮拓疆戍边；
政者造福一方兮吏治民安，
商者通达四海兮亨运长咸；
耕者勤劳俭善兮质朴恭谦，
工者技高能全兮奋发奉献。
颂我家乡兮物华天宝，
赞我家乡兮地灵人贤；
爱我家乡兮朋友亲眷，
恋我家乡兮热泪潸然。
祝我家乡兮蒸蒸日上，幸福富甘，
生生不息兮，万代繁衍。

二〇一三年八月五日

第三辑

友谊篇

七律·致王凡哥

评文品字忆难忘，
漫游林阴浴骄阳。
海天空阔道今古，
江河浩远论消长。
言出肺腑无顾虑，
情动心魄多快畅。
与君相知相交往，
胜读十年好文章。

一九七六年四月十日

五古·绿复又一年

与海涛相识一周年而作

姝缨

春夏秋冬去，
回首身后烟。
翠迟进校门，
绿复又一年。
风云已飘落，
寒窗与暑帘。
快马得加鞭，
艰苦若等闲。
往事留千载，
理想在明天。

一九七九年三月十八日

五古·答姝缨

胸怀若天地，
肚腹容江流。
怀才能不遇，
负重无烦忧。
春风又一载，
万树锦花簇。
心照交益友，
岁月忆长留。

一九七九年三月十八日

七律·生日

二十三岁生日夜与姝缨临江而作

廿二光阴瞬间流，
又一年华自始渡。
绿柳阳春出易来，
青春时代何难留。
回溯无为多悔恨，
前望有备少忧愁。
携侣临江赏夜色，
灯火点点缀沙洲。

一九七九年四月八日

七律·和海涛七律生日

姝缨

月照星海天河流，
已去光阴未虚度。
柳暗花明待将来，
黄金时代怎相留。
春秋一载莫悔恨，
勿自胡思乱添愁。
伴君临江浴夜色，
怀抱渊谷容九州。

一九七九年四月八日

自由诗·思南京同学

湖波涟漪，
灯火处，
触动思绪无际。
花草吐芳，
沁人肌骨心肺，
直迷我将睡将醉。
梦里携手登钟山，
荡桨玄武相依偎，
双眼饱热泪。
仰卧花丛问星空，
何日再相会。

一九八〇年六月八日

自由诗·思

把酒对明月，
冷楼傍寒亭。
去年中秋倾樽时，
今宵凄然独酌，
一醉见故人。
月多残缺，人多悲离，自古难堪情。
可叹良辰去，
无奈东西分。
留作思念成梦景，
且慰破碎冰心，
莫霜重月冷。
痛断肝肠，忍舍至爱，含泪共月饮。

一九八〇年十月二日

自由诗·赠刘潇
毕业赠言

楼阁轩外，
玉兰潇湘。
望朝霞一抹放异彩，
清雾长溢芬芳。

一九八〇年十二月一日

赠海涛

写在分别前夜

刘潇

岸然立江天，
海涛具风流。
相识皆天下，
君才别无有。
吾云诗兴在，
只缘有表首。
恚咒良辰去，
惜我念悠悠。

一九八〇年十二月二日

五古·赠仁珍

毕业赠言

相聚扬子江，
情意如水长。
今日惜别去，
天涯共海沧。

一九八〇年十二月二日

赠海涛
毕业赠言
仁珍

诗书满腹乐章奏，
誉载天涯芬芳催。

一九八〇年十二月二日

七古·赠亚凌

毕业赠言

同辞大别凌云飞，
寒宫难耐铩羽归。
长念琼阁嫦娥舞，
大江倾作别离泪。

一九八〇年十二月二日

七古・赠海涛

写在毕业分别前夜

亚凌

同为求学会江城，
为邻同窗三冬春。
汝今满载渊识去，
好似翅硬鹰穿云。

一九八〇年十二月二日

蝶恋花·思

梧桐细雨暮晚空，
云障低垂山川朦胧中。
惆怅凭栏心无际，
久别酿成相思梦。

蓬辗天涯乘大风，
千回百转总归大江东。
愿上月宫饮桂酒，
长伴仙娥舞瑶琼。

一九八一年五月八日

贺新郎

为黄石海观山宾馆同学聚会而作

同窗再聚首，含热泪深情相向，抚肩凝眸。
风华桃李忆当年，春光回望几度。纵银丝还远垂暮。
挹江亭畔叶红透，当畅酌海观山渚头。
互敬酒，莫停留。

而今重步江天路，似也曾豪情激越，志壮霄九。
云路茫茫四十载，彩虹常在雨后。问功名多少奋斗?!
慢谈暗香盈翠袖，传一卷诗赋心亦足。
星汉转，人长久。

二〇一五年十二月四日

七律·登武当和表弟张运强

伴客武当路回旋，
问道千里道故缘。
满眼峰峦云空里，
几丝泓练峡谷间。
琼阁玉台映葱茏，
金殿石城邈云汉。
莫话五龙捧圣去，
正道沧桑是人寰。

一九八七年春

七律·登武当山

仲春访表兄嫂，登武当感慨而赋

张运强

身染春晖登大岳，
心怀道义探道缘。
群山沉浮云雾里，
香客往返崎岖间。
不信真武舍功崖，
独有天柱立霄汉。
两仪殿里龙欲奔，
五岳天外视宇寰。

一九八七年仲春

七古·和表兄张诗强诗韵

峰耸天外彩云边，
名贤胜迹万世传。
云海苍茫腾万马，
紫气氤氲溢九天。

一九八八年八月八日

七古·游武当

张诗强

峰矗江南水绕边，
庵宫古迹世流传。
层峦叠翠枝多少，
远近云飞别有天。

四言·汉江有怀

绵绵武当，浩浩汉江。
时值盛夏，天助清凉。
泛舟湖心，犁雪耕浪。
天水渺渺，烟雨茫茫。
江风习习，山岛苍苍。
帆影点点，渔歌互唱。
湖山极目，胸臆荡荡。
四人玩牌，笑语朗朗。
二人对弈，黑白万象。
船上煮酒，慨当以慷。
唯此雅游，曲不寻常。
快哉快哉，相忆难忘。

一九九八年六月十三日

七律·送别

为朱大兴副区长返丹江口市任政协副主席而作

江汉歌罢武当来，
十载业绩呈异彩。
阁僚四届炳青史，
名山大兴仗君才。
而今衣锦返丹去，
政协高坐主席台。
有幸海内存知己，
吟诗为酒抒慷慨。

二〇〇一年五月十九日

七绝·题聚贤楼

李白斗酒诗百篇，
相如一曲赋千言。
莫论英雄只煮酒，
聚贤楼中即是仙。

二〇一一年四月十二日

七古·颂达摩

为友人题达摩折扇

面壁十年悟禅真，
豆灯清影映尊身。
若作扁舟达彼岸，
成名不消玉壶心。

二〇一二年六月二十日

第四辑

武当篇

忆江南·丹江美

丹江美，青山复绿水。
来往舸帆劈波行，
盘旋鸥鹭逐浪飞。
鱼儿相戏追。

丹江美，江底起壁垒。
湖上水天迷烟雨，
坝下洪瀑摧风雷。
巨龙展雄威。

丹江美，武当多妩媚。
山峦峰岭浮云海，
殿宇楼阁泛金辉。
仙境醉忘归。

一九八一年二月二十日

踏莎行·登武当山

云海奇峰，
直立苍穹，
浑然乾坤柱其中。
层峦叠嶂山万重，
天梯云路自相通。

渺幻烟云，
清凉天风，
仙山琼阁掩葱茏。
人临无极身自轻，
物我两忘入迷空。

一九八一年五月

七律·定婚武当
携国凤游武当并定婚

携侣拾阶三千级，
餐雾饮泉不觉疲。
南岩洪钟震丹崖，
天柱金殿耸宇际。
汉江似带流荆楚，
烟云如海迷天地。
云霞变幻心不变，
祖师爷前结并蒂。

一九八二年五月一日

七律·紫霄宫

峰对照面背展旗，
群山簇拥耀琉璃。
百级石阶仰大殿，
四面宫阙望丹壁。
万竿松竹迷鸟语，
几股泉源漫禹迹。
香火缭绕升紫气，
士客盛赞好福地。

一九八二年五月四日

七律·到南岩

绝壁云楼入九霄，
丹峰耸峙浮云表。
石殿金钟悦耳响，
龙缸硬币会心飘。
镜台飞瀑凌空下，
龙头香火敬神烧。
紫气氤氲群山翠，
福寿康宁映晚照。

一九八二年五月四日

满江红·朝武当

苍茫无极，有武当灵山仙界。
望峰头，紫城金殿，矗立天外。
陆海奔潮云涛涌，雾空腾烟漫天来。
更天造地设奇玄武，鳌山海。

携婵娟，登石阶；歌飞谷，诗盈怀。
山川伴壮游，多了气概。
山长水长景更长，心爱人爱情亦爱。
与群山一同向大顶，共朝拜。

一九八二年五月五日

七古·陪朱大斌一行

玉柱擎天众山娇，
春雷未动入琼瑶。
冰雪消融情不尽，
来日方长再登高。

一九九〇年三月一日

五绝 · 武当山金顶有怀

雄奇壮五岳，
虚妙胜广寒。
置身霄汉外，
疑似人间仙。

一九九六年六月十日

七古·金顶有怀
伴表兄张耀强登武当山金顶

伴客武当向山巅，
天梯并步入云端。
金殿灵签闻上吉，
峰头极目览大观。

一九九六年八月二十八日

五律·南岩

琼楼临天地，
玉宇贴丹岩。
凌空悬古松，
飞龙探沧海。
平湖映云天，
翠谷聚紫霭。
银瀑挂石壁，
金钟响仙台。

一九九六年八月十日

七律·咏紫霄

背依雄峰如展旗，
左右龙虎两拱卫。
宝珠峰上松竹茂，
禹迹池下瀑布垂。
照面峰立如屏翠，
剑河水绕似带围。
天下福地叹少有，
人间仙境堪称奇。

一九九六年九月三十日

七律·到太子坡

狮子峰下翠琳宫，
九曲黄河宫墙红。
百年桂子十里香，
十二大梁一柱擎。
五凤楼台藏秘史，
滴泪池水鉴古今。
太子半百修正果，
剑河一道绝红尘。

一九九六年九月三十日

五古·登武当山

兴步葱茏里，
拾阶入云霄。
烟霞蔚仙境，
天宫叹琼瑶。

二〇〇五年三月三日

四言·雨中太极湖即兴诗

长虹卧波，快艇如梭。
烟雨迷江，晚唱渔歌。

二〇〇五年七月二十五日

七律·咏紫霄宫

陪同市长参观紫霄宫后有怀

旗峰漫展正舞风，
殿宇楼阁揽怀中。
日映云霞孕紫气，
翠拥烟峦藏蛟龙。
仙界洞箫撩香火，
福地暮鼓掩晨钟。
无极星空天籁音，
凌霄怡然步蟾宫。

二〇一〇年六月二十日

七古·武当人生

武当山下铸春秋，
汉水岸边挥椽笔。
世界遗产耀四方，
天造玄武临无极。
云山奔涌若仙境，
胜地重光示祥祺。
欲起宏图绘愿景，
代有才子展雄奇。

二〇一一年二月三日

五古·咏五龙宫

陪同十堰市委书记参观而作

峰转路回旋，驱车上五龙。
霞蔚祥云紫，林茂霜叶红。
涧谷深百丈，山峦连千重。
背依五龙顶，怀拥翠琳宫。
天造凌霄势，地设亘古雄。
仙境已忘我，神思欲乘风。

二○一一年十月五日

赋·紫云阁赋

为五星级宾馆紫云阁落成而作

立武当兮，背依青龙。
面太子兮，环列诸峰。
纳紫气兮，吞吐祥云。
凌碧霄兮，飞展红宫。

迎嘉宾兮，咸聚高朋。
逢盛世兮，庆尔落成。
武当重光兮，彩重墨浓。
琼阁成就兮，传世之功。
壮哉斯阁，将与名山共存，
美哉斯阁，必同胜地并荣。

二〇一二年九月三十日

七古·颂世纪工程
应丹江口市南水北调中线工程竣工庆典而作

巨坝壁立气如虹，
南水北调走蛟龙。
盛世强国多奇迹，
华年名城又新功。

二〇一四年八月二日

第五辑

游历篇

七律·东湖游

为问佳景东湖游，
湖光山色兴不休。
泛舟为曲湖心阁，
对酒当歌听涛楼。
屈原像前才仰首，
九女墩下又垂头。
行吟阁上思古今，
长江如带天际流。

一九七六年十月一日

沁园春·咏武汉

楚国故地，江夏名城，黄鹤胜迹。
望大桥飞架，高楼林立；龟蛇腾舞，舟车不息。
气吞湖湘，雾笼三吴，大浪翻飞江万里。
叹浩荡，得九省通衢，天时地利。

莫道江汉无奇，毕风云百年英雄地。
忆辛亥革命，武昌首义；二次北伐，铁军无敌。
京汉罢工，黄麻旗举，问多少荆楚儿女。
新武汉，正百业兴盛，今非昔比。

一九七六年十月二日

菩萨蛮·登黄石海观山

海观山下浪千重，
扬子江上帆万蓬。
水接巴山雨，
雾连吴越渚。
我欲驾云游，
天南海北头。
涛涌思绪远，
征程几多山。

一九七八年四月二十日

五古·到庐山

葱茏数百旋，车行仰云空。
前危万丈崖，侧倾千仞峰。
天外清凉界，雾中琼琳宫。
洗尘庐林水，迎客龙首松。
日出含鄱口，云飞仙人洞。
瀑泻三叠泉，雾漫五老峰。
晚餐天池霞，秋醉花径枫。
匡庐风云史，一叶一霜重。

一九八〇年十月二日

五古·登五老峰

拾阶八百级，
兴登五老峰。
汗挥温热雨，
身动清凉风。
绝顶极目处，
海天一望中。
云涌山欲浮，
天地造化功。

一九八〇年十月三日

七律·到南京婚旅

心飞神驰车亦急，
六朝古都收眼底。
石头城上雾幕浓，
紫金山下云脚低。
重楼叠宇长江东，
踞虎盘龙秦淮西。
莫愁女儿今若在，
何来忧伤生叹息。

一九八二年九月二十九日

七律·中山陵

坐拥钟山对天印，
气压六朝帝王陵。
松柏苍龙列军仗，
山峦紫气慰国魂。
石阶丛台仰尊容，
陵园警钟醒国民。
天下为公颂博爱，
民族复兴是引领。

一九八二年十月一日

七绝·玄武湖

风轻水平人含情，
浆迟舟悠波泛粼。
玄武湖上多佳丽，
湖光山色添几分。

一九八二年十月一日

七绝·南京莫愁湖

水出芙蓉玉女立，
湖荡银粼荷香溢。
到此莫愁亦无愁，
胜棋楼上江天碧。

一九八二年十月二日

七绝·到蠡园

携得西施共泛舟，

茅舍渔樵鼋渚头。

太湖苍茫云水间，

且作蓬莱三山留。

一九八二年十月五日

七律·游拙政园

拙者为政隐名园，
石磨旧迹又新颜。
亭堂楼榭连环廊，
池鱼竹蕉伴香兰。
亭亭莲荷溢芳菲，
丝丝杨柳含霞烟。
曲桥九折如游龙，
远香堂前水天宽。

一九八二年十月六日

五古·到虎丘

携侣出山塘，寻胜上虎丘。
海涌风致爽，寺藏山深幽。
煮茶三泉水，拥翠冷香楼。
千人石坪红，一潭剑池绿。
鸟语林木盛，香飘花锦簇。
兴登云岩塔，吴越一望收。

一九八二年七月六日

五古·到安庆

深幽迎江寺，
高峻振风塔。
北望菱湖平，
南眺江天大。
龙山烟霞静，
闹市人车哗。
人文荟萃地，
独秀壮中华。

一九八五年十月二十六日

五律·登芜湖赭山

兴登赭山头，
江城一望收。
风涛袖底涌，
烟云樽前浮。
翠茏广济深，
崖映大江流。
帆樯连云处，
鸥鹭展自由。

一九八五年十月二十七日

五古·黄山游

夜宿桃花溪，黎明兴登峰。
半山寺侧月，玉屏楼边松。
百步云梯峭，一山莲花青。
步健蹈北海，身轻浮烟云。
梦笔生花处，清凉台前风。
猴观云涛涌，山奇始信峰。
极目光明顶，五湖碧天中。

一九八五年十月二十九日

五古·登泰山

帝王封禅处，泰山天下雄。
宫宇天贶殿，柏槐汉唐风。
拾阶千百级，一路胜迹从。
回首十八盘，仰望南天门。
是石皆镌字，无山不被松。
天街曲道长，碑刻削壁耸。
钟鸣碧霞祠，香绕玉皇顶。
探海拱北石，开怀观日峰。
齐鲁情未了，扬帆云天中。

一九八五年十一月五日

五古·游曲阜三孔

千古神圣地，三孔金玉振。
古柏如仪仗，颂词列碑林。
九进宫宇庙，高殿名大成。
黄瓦泛金辉，石柱飞盘龙。
万世师表立，杏坛弟子森。
创建儒思想，论语乃导今。
阙里孔府院，厅堂几许深。
代有才人出，百世衍圣公。
贤胄为国戚，浩荡沐皇恩。
繁华不落幕，接踵参圣门。
至圣林坊耸，陵园古柏葱。
洙泗流水长，青史万古春。

一九八五年十一月七日

五古·到上海

昔日号洋场，今朝乃名城。
人车涌如潮，楼塔接浮云。
货达七大洲，物流地球村。
船舸漫碧海，黄浦荡流金。
霓虹耀子夜，银河灿繁星。
国强民富有，盛世永光明。

一九八五年十一月八日

七古·到杭州

三面青山一面城，
平湖秋月平湖心。
湖山无处不胜迹，
但留画舫听弹评。

一九八五年十一月九日

五古·到北京

半部中国史，一座北京城。
名胜存古风，遗迹留人文。
今日博物院，昔日帝皇宫。
红墙耀金瓦，朱门深九重。
人民大会堂，雄伟天安门。
英雄树丰碑，领袖留遗容。
地坛五色土，天坛七彩云。
颐和夏戏水，香山秋观枫。
潭柘帝王树，戒台九龙松。
燕山八达岭，长城万古雄。
天寿十三陵，殿阁翠峦中，
古迹不胜收，首都万年春。

一九八六年十月一日

五古·登嵩山

嵩山卧中原，七十二高峰。
中岳庙宇广，北魏寺塔雄。
三阙汉风古，星台日月明。
少林声振远，灵塔寂且森。
达摩面壁处，灯影醒世人。

一九八六年十月十日

五古·游洛阳龙门

东西两山峙，望之若阙门。
彩云浮其上，伊水流其中。
松柏翠山冈，石窟密巢蜂。
卢舍那佛高，慈祥乃雍容。
注目沧桑地，河洛腾飞龙。

一九八六年十月十一日

五律·游洞庭湖

日下雾蒸腾，
鳞光耀洞庭。
苍梧云空远，
潇湘君山近。
怀开湖水阔，
神放天宇深。
兴登岳阳楼，
却问桃花津。

一九八七年十月九日

五古·到长沙

故国长沙游，
霜染万山秋。
北去湘江水，
南卧橘子洲。
红叶寄晚亭，
英贤壮岳麓。
茶香白沙井，
诗涌天心楼。
惟楚多才俊，
千古竞风流。

一九八七年十月十日

七古·衡山游

云漫祝融势欲飞，
路旋百回上翠微。
南岳大庙千龙盘，
忠烈英祠万灵威。
藏经殿秀林壑幽，
方广寺深泉石迷。
福严古刹六朝远，
经台银杏几人围。
山中庵寺知多少，
高明台前细雨霏。

一九八七年十月十二日

七律·到韶山

万山朝拥向韶峰，
祥云紫气映葱茏。
领袖故居寻旧迹，
毛氏宗祠探遗踪。
一泉龙涎滴水洞，
百层梯田韶山冲。
虎歇坪上举目望，
山峦如海日正东。

一九八七年十月十三日

七绝·到衡阳

大雁南飞止衡阳，
回峰高耸接天苍。
蒸湘交汇闻石鼓，
胜迹名流两茫茫。

一九八七年十月十四日

七律·游桂林漓江

重山叠采桂林城，
独秀介然漓水清。
七星芦笛龙宫殿，
三江圣象月洞门。
轻舟慢流罗带碧，
游人惊呼玉髻青。
阳朔崖岸回首望，
山水长卷朦烟云。

一九八七年十月十五日

七绝·到柳州

天马腾空纵广宇，
柳江泻地围壶城。
烟霞弥江渔唱晚，
翠峦斜阳壮东门。

一九八七年十月十六日

五绝·重庆

参观人民公园盆景、根雕、微雕、奇石、书画等川东艺术大展，受服务员之托即时捻笔留言。

山城自然美，
人工亦天成。
墨洒天府国，
不虚此一行。

一九八八年十一月二十八日

七律·成都游

府河南水绕城青，
蓉城烟雾锁迷津。
望江楼侧薛涛井，
凤尾竹下品茶人。
青羊宫前铜羊怪，
昭烈庙旁武侯尊。
浣花溪畔杜草堂，
庭园重重篁楠深。

一九八八年十一月二十九日

七古·游都江堰

冰雪消融泻岷江，
古堰中分内外畅。
千里洪荒为沃野，
巴蜀裔胄念二王。

一九八八年十一月三十日

七律·登青城山

赤峰如城耸云空，
层峦拥翠霜叶红。
上清宫内麻姑池，
建福殿后丈人峰。
轩辕峰下祖师殿，
洗心池侧天师洞。
呼应亭前举目望，
蜀山重重烟云浓。

一九八八年十二月一日

七古·游峨眉山

千里探胜峨眉游，
烟雨苍茫兴不休。
象池醒来餐秀色，
红紫黄绿万山秋。

一九八八年十一月三日

七古·醉宿伏虎精舍

虎溪玉液意绵绵，
宾主相酌翠峦间。
峨眉三日当永忆，
尤是伏虎醉陶然。

一九八八年十一月四日

五古·游乐山大佛

山是一尊佛，佛是一座山。
坐高七十米，用时九十年。
头盘千髻秀，脚蹲百人宽。
目送三江去，心系八方安。
尔雅台翔凤，凌云山栖鸾。
灵宝塔上望，佛光耀云烟。

一九八八年十一月五日

七律·游昆明滇池

大观楼上放望眼，
滇池如镜碧连天。
万树梅花一布衣，
一联春雪三大观。
太华美女云作衣，
三清乐男风为弦。
龙门海天阔无际，
日红秋波鸥鹭旋。

一九八八年十一月六日

七绝·游路南石林

天地鬼神造化功，
石态万千林几丛。
阿哥阿妹今犹在，
情侣双双画图中。

一九八八年十一月七日

五古·到大理

苍山望夫云，
洱海秋水月。
金梭宫城苍，
崇圣三塔白。
五彩蝴蝶会，
大理三月街。
南诏故国地，
风情更独特。

一九八八年十一月八日

五古·游安顺龙宫

奇幻水晶殿，
玄妙号龙宫。
荡舟三千米，
童话世界中。

一九八八年十一月九日

五律·游黄果树瀑布

清雾笼翠峦，
深谷起烟云。
崖挂洪瀑下，
日照彩虹横。
飞空珠玉喷，
坠潭冰雪崩。
对话不相闻，
但听风雷声。

一九八八年十一月九日

五律·贵阳游

览胜文昌阁，
思古甲秀楼。
长叹麒麟洞，
慢游花溪洲。
栖霞拥城郭，
黔灵抱奇秀。
宏福殿台上，
回首望云岫。

一九八八年十一月十日

五律·镇远游

葱茏中和山，
三面临沅江。
宫殿悬宫挂，
楼阁贴壁镶。
飞瀑凌空泻，
青龙幽洞藏。
江面浮倒影，
云行水中央。

一九八八年十一月十一日

七律·游武陵源

谁削峰林千万丛，
翠嶂溪流缀其中。
桃花源中宜耕田，
天子山顶好御风。
神堂湾里兵马啸，
金鞭溪畔将帅雄。
漫天秋枫醉不醒，
落霞金辉映芙蓉。

一九八八年十一月十二日

五古·登九华山

探胜九华山，烟雨布朦胧。
才出祇园寺，又进百岁宫。
乌龟棋盘石，老虎燕子洞。
化成回香阁，迎客凤凰松。
大小莲花台，十王天台峰。
宫庵知多少，山峦问几重。

一九八九年十一月四日

七古·再上黄山

排云殿前云不排，
朦茫不知到西海。
幸在清凉赏佳景，
留有奇妙再重来。

一九八九年十一月六日

五绝·黄山印象

云于山间涌，
山若云空浮。
黑白成世界，
水墨一画图。

一九八九年十一月七日

七律·观钱塘江潮

万马潮头腾欲飞，
铁甲十万鼓角摧。
一字潮涌钱塘荡，
回头雪崩滟滪堆。
呼声鼎沸惊鸥鹭，
潮音隆鸣驰风雷。
涨落千古子胥怨，
吴越时过景已非。

一九八九年十一月八日

七律·到奉化溪口

文昌阁高武岭头，
剡溪映翠碧水流。
楼堂深深丰镐房，
龟蛇苍苍蒋氏墓。
雪窦山上云飞卷，
千丈瀑下雪崩突。
妙高台前举目望，
烟云沉沉风飕飕。

一九八九年十一月九日

七古·游普陀山

千步百步万顷沙，
海天佛国碧无涯。
紫竹观音不肯去，
法雨慈悲普世洒。

一九八九年十一月十日

七古·游重庆缙云山

一脉排空立九峰，
缙云寺藏翠峦中。
回望嘉陵江水远，
山堡峰城林葱葱。

一九九〇年十一月八日

七古·到沙湾

大渡河边一沙湾，
二娥峰下水连环。
沫若旧居深几许，
美女峰对凤凰山。

一九九〇年十一月十一日

五古·峨眉山重游

驱车数百旋，二上峨眉山。
山下秋尚在，峰顶大雪寒。
东望云海平，西眺雪山远。
晨来观日出，红云海天间。
云海静不动，宛叹如昨天。
壮丽天下奇，山海览大观。

一九九〇年十一月十三日

五古·登麦积山

山峦万千重，麦积独一峰。
窟分东西崖，壁背南北风。
石龛蜜蜂房，栈梯穿窟丛。
佛像七千尊，窟龛二百洞。
七佛阁散花，旋飘向云空。
时过二千年，峭崖留神工。

一九九〇年十一月十五日

五古·到西安

钟鼓楼高耸，城墙固金汤。
慢游兴庆宫，华亭名沉香。
汉唐帝王宫，遗址叹苍凉。
奇迹兵马俑，帝陵秦始皇。
骊山华清池，兵谏五间房。
无字碑高大，乾陵世无双。
法门寺塔峻，佛指耀神光。
贵妃胭脂泪，孤坟向明皇。
大小雁塔雄，碑林文物苍。
千年帝王都，一处一感伤。

一九九〇年十一月十八日

七律·游秦始皇陵并兵马俑

军阵东指势无敌，
一扫六合如卷席。
本作万世皇帝梦，
实奠天朝华夏基。
西来昆仑凤欲舞，
东去黄河龙似飞。
蓬莱并非神仙所，
地下世界惊奇迹。

一九九〇年十一月十九日

七古·登华山

莫言华山如芙蓉，
天马纵空是西峰。
惊平石下百尺峡，
回心石后千尺幢。
隐士洞箫引玉女，
韩愈投书谏苍龙。
沉香劈山为救母，
老聃陈抟留遗踪。
长空栈道贴壁过，
不赏风光叹险峰。

一九九〇年十一月二十日

七律·登滕王阁

一阁高耸接云苍，
山河壮丽唤凭望。
天水一色迷南浦，
霞鹜齐飞恋西岗。
回眺东湖百花洲，
下临无地两罗江。
滕王功业不足论，
成就王勃美文章。

一九九二年二月二十九日

七律·游龙虎山

七重天里藏仙宫，
天师府深门几重？
山峦层叠拥苍翠，
溪水回曲映云空。
龙腾溪岸驾雾飞，
虎踞丹崖啸天雄。
天女散花莫叹奇，
一篙竹排画图中。

一九九二年三月二日

七律·游三清山

日出烟霞弥三清，
奇峰妙石布迷津。
观音琵琶天峰瀑，
梯岭石川杜鹃林。
三龙出海戏巨蟒，
万笏朝天拜女神。
峰峦千重看不尽，
静立天台听响云。

一九九二年三月四日

七律·武夷山

峰峦沉浮云海茫，
溪水回旋九曲长。
纵览丹崖寻玉女，
回望溪口识大王。
明珠万颗垂水帘，
天心一涧倒流香。
兴登天游抬望眼，
云山历历染斜阳。

一九九二年三月六日

七古·游神农架

为探神奇神农行，
山连空天五彩云。
千年铁杉小当阳，
活化鸽树千家坪。
海洋遗珍燕子洞，
白色动物箭竹林。
红坪画廊峡谷奇，
莽原草甸九湖平。
幸与诸君共此时，
把酒醉秋卧枫林。

一九九二年十月二十三日

五古·雍和宫

万里云空里，
一飞到京城。
皇家宫园外，
但探雍和宫。
原为雍王府，
后是佛丛林。
殿宇格各异，
庭园深数重。
是处燎香火，
悦耳闻磬钟。
万福阁高峻，
大佛立伟雄。
本与佛有缘，
三拜仰慈容。

一九九三年二月二十五日

七律·到承德

四面云山拥离宫，
雪润松柏雾正浓。
冰封平湖寻热河，
马驰草原望毡蓬。
群山围合缀八庙，
一河贯抱腾蛟龙。
宫城庙宇互守望，
赤岭丹崖映日红。

一九九三年二月二十七日

五古·游大同云冈

武州山壁立，云冈状如城。
佛阁齐山高，洞窟列石门。
用时逾千年，造像五万尊。
大者数十米，小者掌上珍。
坐立稳如山，飞舞飘似云。
大同九龙壁，云涛龙翻腾。
波涌倒影池，龙飞宛如生。
辽代华严寺，雄大无比伦。
塑像态各异，壁画艺术精。
圣物千年古，殿藏万卷经。
心仪日已久，一睹慰我心。

一九九三年二月二十九日

七古·登恒山

恒山逶迤状如行，
亘绵百里天际横。
悬空古寺壮奇观，
赤壁丹崖仰飞虹。
紫芝出云映夕照，
朝殿会仙九天宫。
山峦塞雪望翠屏，
岳顶松涛听天风。
琴棋台前回首望，
峭壁丹书耀“恒宗”。

一九九三年三月一日

七古·游五台山

千山万岭拥五台，
五台浑圆抱台怀。
庙宇云连成寺镇，
禅院贯通迷楼台。
显通经塔铜殿钟，
塔院罗睺佛莲开。
碧山玉佛卧石坛，
南山观音壁五彩。
普化文殊菩萨顶，
镇海龙泉玉楼牌。
清凉佛国寺多少，
光普雪岭蕴紫霭。

一九九三年三月四日

五古·游太原晋祠

际山枕水处，晋水源晋祠。
圣母大殿高，鱼沼飞梁奇。
宋塑神情异，廊柱盘龙腾。
隋槐新叶苍，周柏老枝横。
莲花玉台上，四隅立铁人。
智伯渠水远，难老泉水清。
真趣不系舟，太宗晋祠铭。
千年神圣地，万世留遗存。

一九九三年三月六日

五古·登鸡公山

腹地一岭横，
盛名鸡公山。
西接桐柏长，
东连大别远。
南眺雾江湘，
北望莽中原。
报晓峰峦雄，
义阳三关险。
青分楚豫界，
气压嵩衡巅。
葱茏山叠翠，
别墅遍其间。
清凉避暑地，
爽朗天地宽。

一九九五年三月二十八日

五律·北京有怀

万载文明史，
千年帝王都。
黄渤海阔左，
太行山雄右。
北扼踞燕山，
南望领九州。
国脉永盛旺，
复兴超美欧。

一九九七年九月二十七日

七律·到天津

渤海茫茫浪涛涌，
海风浩浩碧连空。
联军八国去不返，
史书几页留沉重。
大沽炮台今犹在，
勿忘旧地狼烟浓。
盛世强国图崛起，
繁荣大港正春风。

一九九七年九月二十九日

五古·游山海关

天下第一关，
长城雄千年。
威龙越万里，
腾舞欲飞天。
头劈苍海浪，
尾扫大漠烟。
峦嶂围若屏，
关城固如山。
不拜姜女庙，
当崇魏武鞭。

一九九七年九月三十日

七律·秦皇岛北戴河

日出红霞染海天，
飘银烫金阔无边。
莲蓬山对老虎雄，
韦驮岩望鹰角尖。
别墅楼阁幻海市，
软浪平潮浴沙滩。
徐福一去牛入海，
笑谈秦皇痴恋仙。

一九九七年十月一日

五古·沈阳游

太清龙兴地，
盛京皇宫阙。
宫宇耀金辉，
楼台映霞落。
五彩琉璃殿，
飞翔龙凤阁。
十亭王旗垂，
大政蟠龙跃。
福陵山川拱，
昭陵镜湖托。
奉天运已去，
胜迹奈消磨。

一九九七年十月二日

五古·游长春伪满皇宫

一块三角地，
半截伪皇宫。
盐仓为寝殿，
灰楼且办公。
言谈皆监听，
投足具跟踪。
傀儡儿皇贱，
禁宫后妃疯。
为奸又作囚，
悲剧暮云空。

一九九七年十月四日

五古·游哈尔滨

塞北千里行，
兴游哈尔滨。
步行中央街，
如赏东欧城。
教堂索菲亚，
俄风建筑群。
艇游松花江，
铁桥南北横。
秋醉太阳岛，
霞染白桦林。
湿草碧连天，
湖山蕰烟云。
月环音乐台，
洪塔射霓虹。
北国如异域，
满月欧风情。

一九九七年十月六日

五古·游大连金石滩

久慕美大连，千里问容颜。
滨海欧风城，广场散其间。
星海广场阔，人民中山宽。
泳者金银沙，游人老虎湾。
旅顺古军港，百年留浩叹。
国际“蹴”球地，盛名金石滩。
绿草被坡岗，雪浪吻海岸。
沙湾长十里，奇石显大观。
恐龙势吸海，大鹏欲飞天。
百亩黄石丽，亿年龟石坚。
风涛送快畅，海天白云闲。

一九九九年八月二十日

七律·夜渡渤海

由大连至威海

汽笛一声离大港，
星月霓虹显辉煌。
渔火缀空垂夜幕，
涛声摧客入梦乡。
黎明碧波涌雪浪，
日出银海荡金汤。
忽闻船抵威海岸，
刘公岛前费思量。

一九九九年八月二十二日

五古·到威海

一块痛心地，
半湾悲泪港。
而今沧桑变，
甲午殇岂忘。
来日当雪耻，
一战灭瀛狼。
琉球回归时，
举杯慰炎黄。

一九九九年八月二十四日

七律·登蓬莱

丹崖山耸蓬莱苍，
普照楼前凭栏望。
总督石坊铭青史，
登州水域固金汤。
碧海蓝天映彩云，
海市蜃楼幻霓光。
沙软浪平鸥燕飞，
三山不见笑秦皇。

一九九九年八月二十五日

七古·到烟台

碧海雪涛云连天，
红楼别墅塞海湾。
毓璜顶上举目望，
山城海天汇大观。

一九九九年八月二十七日

七古·游青岛崂山

昔日列强争夺地，
今朝世界贸易港。
八大关中别墅群，
太平湾前海浴场。
琴岛栈桥风光异，
深水良港军威扬。
古柏盘龙太清幽，
神仙灵府崂山昂。
九水鱼鳞潭瀑深，
巨峰旭照海天茫。
红波丹霞融一色，
海风送我诗意狂。

一九九九年八月二十九日

七律·游济南

护河围壕城池坚，
小清泺济水涓潺。
一湖荷花四面柳，
满城楼宇八方山。
七十二泉明月夜，
沧浪历下碧云天。
稼轩宗祠清照堂，
泉城词人两比肩。

一九九九年九月一日

七古·到邯郸

千年赵都残垣衰，
新城但留武丛台。
燕人邯郸难学步，
卢生荣华梦中来。
回车巷里相让将，
响堂寺中佛慈悲。
高台极目滏水远，
京娘湖山慢入怀。

一九九九年九月三日

五古·到安阳

故都安阳城，万金渠水环。
西北殷墟地，三千五百年。
青铜后母鼎，甲骨文字传。
后妃妇好墓，女帅复雄颜。
铜陶玉骨器，文物价城连。
袁林树木苍，云垂地气寒。
文武石像生，牌楼导墓园。
献厢为茶室，享殿博物馆。
墓上穹隆顶，冢下铜棺悬。
百年成遗臭，帝梦为笑谈。
伫立洹水上，钓翁去不返。

一九九九年九月五日

七古·到郑州

东西南北四海通，
楼宇城郭一怀中。
千年中原桑梓地，
黄河万里水归东。

一九九九年九月七日

五古·到开封

千年故都地，名胜古迹存。
北宋铁塔高，相国寺院深。
天波杨府威，包公祠宇弘。
汴河飞虹桥，西湖耸龙亭。
六贤古吹台，三叠皇都城。
延庆矗皇阁，惠济通汴京。
江山留胜迹，兴衰鉴古今。

一九九九年九月九日

五古·游钟祥显陵

自古龙兴地，山水灵秀奇。
汉江绕城去，大洪荆山聚。
文风塔挺秀，元祐宫壮丽。
莫愁湖水平，龙山紫气溢。
最美明显陵，恢宏望可及。
背依纯德山，七星接天际。
峦岗层叠拥，龙虎左右翼。
前后墓冢森，内外明塘漪。
神道两千步，石像对列立。
九曲河水环，长天云霞熠。
游人皆赞叹，我独步迟疑。

二〇〇一年四月十日

五古·游襄阳隆中

七省通衢地，襄阳古府州。
岘山岗峦绵，汉江萦带流。
胜迹夫人城，苍古北门楼。
王府绿影壁，习池高阳徒。
漫士米公祠，鹿门溢泉瀑。
诸葛耕读地，山峦卧龙游。
茅庐隆中对，三分天下谋。
两厢廊中碑，三顾堂前楸。
群山展环抱，溪流奔自由。
峰顶极目望，江山入画图。

二〇〇一年四月十二日

七律·到宜昌

一城铺展大江边，
葛洲坝横瀑雪旋。
南岸五龙山欲飞，
东岗天然塔若鞭。
前后三游洞深广，
上下将鼓台绝险。
把酒临风浩然洞，
西陵峡口落日圆。

二〇〇三年十月二十日

七律·三峡游

朝辞西陵溯水游，
两岸峰崖叶正秋。
九曲连环江浪鱼，
三峡人家饮烟稠。
高峡平湖彩云飞，
巨坝横江洪瀑突。
屈原祠宇莫高深，
当赋辞骚慰诗祖。

二〇〇三年十月二十一日

五古·荆州游

九州列其中，荆州千年名。
沃野旷千里，河湖布棋星。
长江东流去，公铁贯纵横。
三国争夺地，明代坚楼城。
三观玄开太，二寺古梅井。
楚国八百年，郢都纪南城。
章华歌舞逝，樊妃谏冢存。
四百王贵地，八岭古墓群。
问鼎楚庄王，师相张居正。
人杰地灵都，云祥又日升。

二〇〇五年十月二日

七律·广水三关三潭

桐柏大别一脉连，
山峦万重串壁环。
青分南北武胜雄，
关锁东西平靖险。
高桂泉瀑三潭云，
悬空崖壁一线天。
喷雪腾雾趵浪突，
潭雨飞虹蔚奇观。

二〇〇六年九月九日

忆江南·再游杭州

江南游，最美是杭州。
雷峰塔映花港鱼，曲院风荷苏堤柳，
西子共泛舟。

江南游，最忆是杭州。
龙井村里品龙井，丝博馆中赏丝绸，
名模笑含羞。

江南游，最恋是杭州。
宋城千古曲已尽，掌鸣几回雨难收，
人走心莫留。

二〇一〇年七月十日

五古·晨过东湖

碧水平如镜，
林静晨雾轻。
快艇穿湖去，
荷丛鸥鹭惊。
前望朝霞红，
回顾浪花奔。
江城渐喧哗，
恐扰睡梦人。

二〇一二年三月八日

五律·到深圳

昔日小渔村，
今朝国际城。
楼宇争堆银，
街市竞流金。
举目商贸气，
满地资本腥。
此处不久留，
自惭无银根。

二〇一二年四月二日

五古·到广州

珠江碧花都，白云翠榕城。
越秀山环绿，镇海楼入云。
西岗越王墓，南麓鲍姑井。
绍武君臣重，四方炮台沉。
东西铁塔高，光孝殿堂重。
六榕铜佛巨，花塔入云耸。
中山碑堂肃，石雕五羊尊。
花岗壮士烈，陵园松柏森。
繁华道盛世，人文论古今。

二〇一二年四月四日

七古·海南游

琼岛天涯远，
苍翠云烟浮。
五指玉笋峭，
万泉碧水流。
海角乱石横，
南天一柱矗。
碧海鸥戏浪，
礁滩鹿回头。
椰林夜望月，
潮音摧梦游。

二〇一四年九月十日

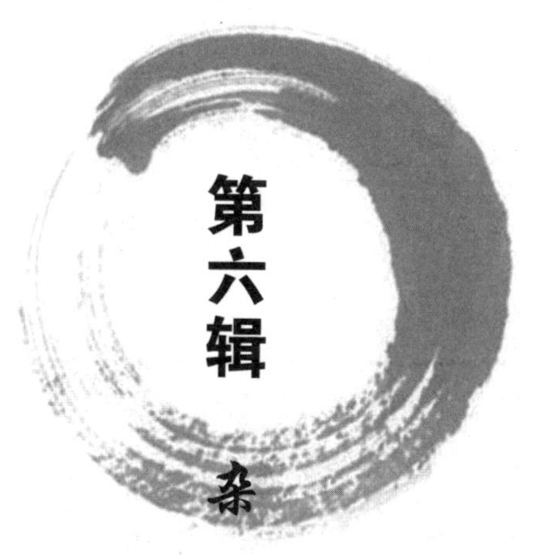

第六辑 杂篇

七古·咏白海棠
看《红楼梦》白海棠诗和韵

千金一笔赋长门，
但惜芳菲玉花盆。
本是潇湘二妃泪，
又牵嫦娥一缕魂。
心抑腹郁无奈何，
蝶去花摇依留痕。
天若有情君如故，
长门不闭待黄昏。

一九七七年三月六日

沁园春·梦游

玉宇琼楼，云山奔突，天河旋流。
清雾浮鹊桥，星点渔舟；鸿来鹤往，云端高路。
苍松拥翠，桂子溢香，葱茏万竿凤尾竹。
知何处，问天上人间，似曾逗留。

梦里相会携手，似朦胧婀娜舒广袖。
问何方仙子，一笑回眸；云髻堆螺，衣带飘透，
端立云头，直下瀛洲，愿随玉女寻蜃楼。
心甚足，纵痴思幻想，且作梦游。

一九七七年五月二日

七律·赞王昭君

观曹禺剧《王昭君》有感

昭君美人倾国色，
自愿和亲出塞北。
胡汉两家共兴荣，
鸿鹏万里同飞越。
殿前艳色天子惊，
帐中娇容可汗悦。
一蓬风沙千万苦，
有志安边亦报国。

一九七九年二月八日

五古·月夜

月夜赏湖光，
山水两苍茫。
灯火忽暗明，
肺腑时热凉。
有心星月淡，
无意风浪狂。
墨浓无处落，
黯然自神伤。

一九七九年五月二十日

五绝·祈祷

登武当山金殿为女余洋祈福

海阔凭鱼跃，
天高任凤翔。
女当麒麟子，
应能报上苍。

一九八三年十月一日

五古·题扇

蕊香盈袖自清凉，
摇对星月夏夜长。
流水清音好入梦，
风送勃公赋滕王。

二〇〇一年八月十五日

赋·剑河赋

为武当山剑河河道工程竣工而作

剑河如带兮，碧水流长。
山环名城兮，南依武当。
六桥并驾兮，三坝虹张。
瀑布声悦耳兮，波泛粼光。
绿树成荫兮，岸柳成行。
玉砌雕栏兮，古色古香。
楼阁错落兮，游人熙攘。
流光溢彩兮，其灯光辉煌。
霓虹彻夜兮，其弦歌未央。
繁华比秦淮兮，其美名远扬。
恢宏如上河兮，其万世而流芳。
太平盛世兮，武当重光。

二〇〇二年二月七日

七绝·有怀

笔走龙蛇思滔滔，
广宇苍穹任翔遨。
美酒醉处邀李杜，
豪情来时问刘曹。

二〇〇五年元月十八日

七绝·华清池观大型歌舞剧《长恨歌》

水出芙蓉蕊含香，
舞旋星月夜未央。
轻如雾纱柔似梦，
魂消华清唤三郎。

二〇〇七年九月二日

七古·哭汶川大地震

大地一震尽废墟，
拾万生灵瞬间无。
遍洒灾民五百万，
地裂山崩鬼神哭。
天灾无情人有情，
廿万铁军大援救。
众志成城举国力，
风雨过后是彩虹。

二〇〇八年五月十二日

钗头凤·燕子

剪风飞，裁云归，燕子来时春已回。
巢新垒，爱无悔。
长天共舞，风雨相随。追，追，追。

朝比翼，暮依偎，喃喃细语开心扉。
情痴迷，意妩媚。
香浓桂酒，梦圆清辉。醉，醉，醉。

二〇〇九年元月二十八日

浪淘沙·暇思

倩影幻如真，回眸消魂，
黄粱熟时人莫惊。
长夜最怕望寒星，
梦醒时分。

河汉莫凭临，浪高风冷，
暮云长汀舟自横。
万种柔情随水去，
与谁诉倾。

二〇〇九年三月八日

七古·五十二岁生日有怀

琼浆玉液青花杯，
开怀畅饮不问醉。
莫叹人生桑榆晚，
当把夕阳作朝晖。

二○○九年四月八日

四言·知音

翩翩盈盈，
悠悠我心。
高山流水，
当为知音。

二〇〇九年五月十日

五古·山云雨水

山居云之上，
云绕山之间；
彼此情无限，
天地共久远。
云居雨之上，
雨孕云之间；
彼此心相依，
日月同休眠。
雨居水之上，
水生雨之间；
彼此长相知，
山河共眷恋。

二〇〇九年五月十八日

七古·岸江

云遮山峦雾锁江，
烟雨漫津叹迷茫。
岸柳绿处入画图，
梁燕归时出诗章。

二〇〇九年五月二十日

五古·书房

正面大开窗，两侧书列仗。
窗下置画案，案上呈文房。
兴就美书画，静拈好诗章。
书中天地大，窗前日明长。
小憩伴卧榻，神游入梦乡。
此身无长物，一室书墨香。

二○○九年十月五日

自由诗·雨巷
雨中游乌镇

深长的雨港，深长的雨丝。
湿漉的红石板上溅串着雨珠。
透过脚前的雨雾，在雨巷的那一端，
出现了一把红艳的伞。
这把伞迫近了我，我高举起我手中伞，
侧过身让这把红艳的伞从我的伞下滑过。
红伞下那羞涩的半张脸一晃而去，
留下的是一丝清香的风，一股微温的风。
我驻足回首，这雨巷的邂逅，
我惊艳，她也在浅笑中回眸。

二〇一〇年七月十二日

沁园春·人生

十载寒窗，首届统考，城头红榜。
忆当年荣光，名噪八乡；十里锣鼓，大宴华堂。
风茂学子，豪气轩昂，鹤立群英遨穹苍。
可曾想，献毕生丹江，圆梦武当。

人生如此万象，令无数英杰面考量。
喜后辈居上，双骄高翔；华科武大，学硕煌煌。
创业江城，如愿以偿，万里春风正朝阳。
待来日，有泓泽锦鲤，腾跃飞扬。

二〇一四年十月五日

第七辑

楹联篇

一、读王安石上联而对下联（四月八日乃本人生日）

一年二春双八月，人间两度春秋。

岁岁四月单八日，生辰几见日明。

一九八一年五月十日

二、武当山步行街落成撰联

星汉耀武当，银河缀长街。

二〇〇四年五月二十日

三、武当山紫云阁落成撰联

与名山并存，共胜地同辉。

二〇一二年五月三十日

四、太和楼落成撰联

朝露点翠，晚霞融金。

二〇一二年五月三日

五、武当山大兴六百年撰联

黄钟大吕，玉食锦衣，静乐国中称太子；

挂冠割袍，风餐露饮，武当山上乃真君。

二〇一二年十月十日

六、自撰自书客厅挂匾

龙腾云霄，牛行福田。

二〇一二年十月二十日

七、游佛山，江门得此联句。

佛立佛山，佛卧佛山，佛山确有佛山，
江穿江门，江绕江门，江门并无江门。

二〇一二年十一月二日

跋

武当山，是闻名遐迩的道教圣地；于我而言，是让我魂牵梦绕的家乡；对父亲来说，则是他人生的港湾。我的家中最多的就是书，读万卷书是行万里路的基础。父亲闲暇之余，就是读书写字，兴致来时便作诗吟词，我从小受他的熏陶也有了些许文学气质。过去的武当山，交通并不便利，那时父亲便带着我们游历大好河山，开阔眼界，陶冶情操。说实在的，虽算不上书香门第，但我们的精神世界却无比富足，这让我受益一生。

家父自幼爱好诗词，四十年间作诗填词达500余首，现特精选200余首诗词出版，一来总结人生，与诗词爱好者及亲友分享；二来激励后辈，传承家风。

家父1975年高中毕业，1977年参加招生考试制度改革后的首届全国统考，入湖北建筑材料专科学校学习，并于1980年毕业，工作后一直秉持“读万卷书，行万里路”的治学理念，足迹达26省市。

家父长期工作在道教圣地武当山，厚重的民族文化及彩幻的名山大川，形成了他“春光无限也有限，勤啄春泥垒新巢”、“纵是阳春三月，也有桃李落花红与白”的道法自然的哲学理念；铸就了他“头劈苍海浪，尾扫大漠烟”‘“万邦朝贺尊赤县，一揽金瓯慰黄炎”的一个中国人的长城脊梁；凝结了他“兴登岳阳楼，莫向桃花津”、“宜将热血播云雨，敢把人生追日月”的心系人民的情怀；也表现了他对祖国河山“黑白成世界，水墨一画图”、“漫天秋枫醉不醒，落霞金辉映芙蓉”的无限赞美和眷恋；亦有“日月长久人长恋，缠绵朝暮那得别时盼”、“山川河岳任剪裁，星辰日月慢入怀”的男儿的柔情与胸襟；还有“女当麒麟子，应能报上苍”、“待来日，有泓泽锦鲤，腾跃飞扬”的对后辈的无限寄语和殷殷期盼。

本诗词集分为《励志篇》《感悟篇》《友谊篇》《武当篇》《游历篇》《杂篇》《楹联篇》等七篇，基本记录了家父的深沉心路和对祖国河山的迷恋以及对家人的一往情深。

本诗词集力求在纯文学的理路上，表达作者的所见、所闻、所思、所想，为继承和发扬传统的中国诗词文化而尽微薄之力。是为跋。

女　余洋　湖北长江报刊传媒（集团）

二〇一六年十月十八日